기획의 말

그리운 마음일 때 'I Miss You'라고 하는 것은 '내게서 당신이 빠져 있기(miss) 때문에 나는 충분한 존재가 될 수 없다'는 뜻이라는 게 소설가 쓰시마 유코의 아름다운 해석이다. 현재의 세계에는 틀림없이 결여가 있어서 우리는 언제나 무언가를 그리워한다. 한때 우리를 벅차게 했으나 이제는 읽을 수 없게 된 옛날의 시집을 되살리는 작업 또한 그 그리움의 일이다. 어떤 시집이 빠져 있는 한, 우리의 시는 충분해질 수 없다.

더 나아가 옛 시집을 복간하는 일은 한국 시문학사의 역동성이 드러나는 장을 여는 일이 될 수도 있다. 하나의 새로운 예술작품이 창조될 때 일어나는 일은 과거에 있었던 모든 예술작품에도 동시에 일어난다는 것이 시인 엘리엇의 오래된 말이다. 과거가 이룩해놓은 질서는 현재의 성취에 영향받아 다시 배치된다는 것이다. 우리는 현재의 빛에 의지해 어떤 과거를 선택할 것인가. 그렇게 시사(詩史)는 되돌아보며 전진한다.

이 일들을 문학동네는 이미 한 적이 있다. 1996년 11월 황동규, 마종기, 강은교의 청년기 시집들을 복간하며 '포에지 2000' 시리즈가 시작됐다. "생이 덧없고 힘겨울 때 이따금 가슴으로 암송했던 시들, 이미 절판되어 오래된 명성으로만 만날 수 있었던 시들, 동시대를 대표하는 시인들의 젊은 날의 아름다운 연가(戀歌)가 여기 되살아납니다." 당시로서는 드물고 귀했던 그 일을 우리는 이제 다시 시작해보려 한다.

기획의 말

그리울 마음일 때 'I Miss You'라고 하는 것은 '내게서 당신이 빠져 있기(miss) 때문에 나는 충분한 존재가 될 수 없다'는 뜻이라는 게 소설가 쓰시마 유코의 아름다운 해석이다. 현재의 세계에는 틀림없이 결여가 있어서 우리는 언제나 무언가를 그리워한다. 한때 우리를 매혹시켰으나 이제는 읽을 수 없게 된 옛날의 시집을 되살리는 작업 또한 그 그리움의 일이다. 어떤 시집이 빠져 있는 한, 우리의 시는 충분해질 수 없다.

더 나아가 옛 시집을 복간하는 일은 한국 시문학사의 역동성이 드러나는 장을 여는 일이 될 수도 있다. 하나의 새로운 예술작품이 창조될 때 일어나는 일은 과거에 있었던 모든 예술작품에도 동시에 일어난다는 것이 시인 엘리엇의 오래된 말이다. 과거가 이룩해놓은 질서는 현재의 성취에 영향받아 다시 배치된다는 것이다. 우리는 현재의 빛에 의지해 어떤 과거를 선택할 것인가. 그렇게 시사(詩史)는 되돌아보며 전진한다.

이 일들을 문학동네는 이미 한 적이 있다. 1996년 11월 황동규, 마종기, 강은교의 첫시집을 복간하며 '포에지 2000' 시리즈가 시작됐다. "생이 덧없고 허기질 때 이따금 가슴으로 암송했던 시들, 이미 절판되어 오래된 명성으로만 만날 수 있었던 시들, 동시대를 대표하는 시인들의 젊은 날의 아름다운 연가(戀歌)가 여기 되살아납니다." 당시로서는 드물고 귀했던 그 일을 우리는 이제 다시 시작해보려 한다.

눈사람의 사회

문학동네포에지 087

박시하 시집

눈사람의
사회

시인의 말

약한 것은 강하다.
이름이 없는 것은 불리기를 원치 않는다.
다만 나를 부른다,
슬픔의 자식처럼.
슬픔에게서 떠나면서도
떠나간 슬픔이 돌아오기를 기다리며.

2012년 8월
박시하

개정판 시인의 말

과거의 나는 얼마나 어리석었는가 자주 생각해왔다.

그 시절의 내가 혁명과 광장을 자꾸만 불렀다는 걸 잊고 있었다.

용감했었구나. 사랑했었구나.

어리석던 내가 부른 노래들을 다시 불러본다.

2023년 10월

박시하

차례

시인의 말 5
개정판 시인의 말 7

1부 픽션들
오로라를 보았니? 13
픽션들 14
옥수(玉水)역 16
별빛처럼 17
검은 새 18
우주 정복 20
고백의 원형들 22
슬픔의 가능성 24
바닥이 난다 26
검은 우산 밑에서 28
타이포그래피 30
푸른 감 31
암모나이트 32
어느 날 34
즐거운 소개 36
답신_a 38
조세핀의 날개 40
나는 어리다 42
미니멀리즘 45

2부 타인의 고통

삼원색 49
오래된 새장 50
꿈에 관한 꿈 52
눈사람의 사회 54
밤을 잊은 그대에게 55
4:85 p.m. 56
판단하는 양 58
파르티타 60
광장의 불확실성 62
질문 64
팬클럽 66
그림자 극장 68
시작과 끝 70
타인의 고통 72
패러독스 파라다이스 74
한참 76
첫눈의 세계 78
사운드 오브 사일런스 79

3부 모조 거울

발음 85
쓴다 86

구름의 상실 87
사랑을 지키다 88
빛나는 착각 89
답신_b 90
원형들 92
너는 나무 94
유년시 96
사랑을 잃다 98
잡(job) 100
오늘의 카레 101
수장(水葬) 102
모조 거울 104
선물 상자 105
백만 송이 장미에 붙인 비밀 106
창문 108
아포리아 110

1부 픽션들

오로라를 보았니?

검은 새 한 마리 날아가며
아름답니? 묻는다
나는 웃는다,
희멀건 저녁을 밟고서
발밑을 내려다본다
전동차 속에 가득한 사람들은
직립을 후회하는 걸까?
손톱만큼만 확연히 자라고 싶지만
짓눌린 구두굽들은
거꾸로 자란다
전동차가 덜컹댈 때
나와 너는 함께 덜컹댄다
오로라
오로라, 오로라
검은 새 한 마리 돌아오며 묻는다
아름답지 않니?
나는 어느새 울고 있다
오로라를 본 적이 없습니다
발밑으로
검은 오로라가 흘러간다

픽션들

1

편지를 보내기로 마음먹었습니다.
내 옆에는 지금 푸른 소파와 붉은 책상이 마주보고 앉아 있습니다.
참 날씨 한번……
갈매기라도 훅 날아갈 것 같습니다.
난 니나*가 아니고, 당신은 그 누구도 아니지만.

그럭저럭 배가 고파옵니다.
사는 일이 그렇습니다.
나는 갈매기처럼 편안합니다.
나는 나의 길을 가졌습니다.
나는 죽음에 관한 아마추어입니다.
죽어가며 다시 살아나고 있는 중이라고도 생각합니다.

당신은 바다를 보고 있는 중이라고 하셨지요.
당신은 지금도 푸른 지팡이처럼 단단하신가요?

당신의 사막에는 아직도 찢어진 바위들이
너덜대며
흩날리고 있습니까?

당신의 가위질은 황홀했지요.
매일 내 머리칼의 침묵이 길어졌기에

푸른 지팡이가 소파가 되도록
붉은 책상이 산 너머로 멀어지도록
우리는 죽도록
황홀했지요.

편지를 쓰는 지금, 나는
담담합니다.
바다만 바라보는 갈매기처럼
슬프지만.
사는 일이 그렇습니다.

2
가장 높이 날 때
새는 잠시 눈을 감는 것입니다.

* 안톤 체호프 원작의 희곡「갈매기」의 헤로인(heroine).

옥수(玉水)역

사랑해,
공중 역사 아래 공중에게 고백을 하려다 만다
군고구마 통에 때늦은 불 지피는 할머니가
내가 버린 고백을 까맣게 태우고 있다
이 허망한 봄날

겨울을 견딘 묵은 사과들이
소쿠리에 담겨 서로 껴안고 있다
또다른 출발을 꿈꾸는 걸까?
아직 붉다

역사가 흔들릴 때
문득 두고 온 사랑이 생각났다
푸른 강물 위
새로 도착하는 생과
변함없이 떠나고 있는 생들이 일렁인다

별빛처럼

앞을 보고 걸으면서
앞을 보지 않고 걸으면서

나선 계단 위로 떠오르는
무거운 무릎들

어디로 가고 있는지 모르면서
별빛을 보는 거니?

가파른 절벽에 올라 안심하는 염소처럼

오늘도 뒤로 걸었다
조금 가라앉았다

내가 보인다는 게 믿어지지 않아서

보이지 않는 사람들
뒤로 걸으며 우는 사람들
가라앉는 사람들이
흔드는 손

물거품이 일어나
한없이 가볍게 떠올라

검은 새
—두 편의 영화에 관한 데자뷰

멀어짐과 가까워짐/앞으로 뒤로/간격의 뒤바뀜/뒤바뀜의 간격

안개로 덮인 소도시
친구는 연락 불통이다
쓸쓸한 페스티벌!

남자 주인공이 아는 사람과 닮았다—〈질주〉*를 볼 때는 함께 뛰는 게 좋다
꿈이었는지 영화였는지 기억이 나지 않는다—〈아무것도 바꾸지 마라〉**는 졸면서 봐야 한다

날아가는 새에게 그림자는 있을까?
지친 앙시앵레짐이 손목을 붙잡는다
불균형이 나를 더욱 자유롭게*** 하리……
삐딱하게 앉는다
춥고 어두운 새의 표정으로

달리기의 감정과 지하의 감각 사이에 내 근원이 있다
《깊은 무덤》 극장에서
〈다시는 상영되지 않는〉 필름의
퀴퀴하고 지루한 그걸 들여다본 후……

멀리서 되풀이되는 고립

가까이에서 사라지는 정처
검고 조용한 깃털들이
새로울 것 없는 혁명으로 잔뜩 신선해진다

페스티벌은 끝나기 마련이야—기차역이 말한다
언제나 멀리 있는 것만 그리웠어—나는 대답한다

모든 원근이 바뀐다면
새로운 근원이 나타날까?

그림자를 찾아 날아 내려온 검은 새처럼

* Benjamin Heisenberg, 〈Der Räuber〉, 2009.

** Pedro Costa, 〈Ne Change Rien〉, 2009.

*** 〈아무것도 바꾸지 마라〉 참조.

우주 정복

들어본 적 없는 음악이 먼지 대신 떠돕니다
맡아본 적 없는 냄새가 찬장마다 쌓입니다
명명된 적 없는 기원들이 호명됩니다
우리는 정복자가 됩니다

지구를 떠나다니 정말 멋진* 일이지요
반짝이는 것이 번쩍이는 것을 조각내는 곳
꿈에 잠을 빌려준 사람들이 가는 곳
사람 아닌 사람들이 채우는 곳
점령당하지 않은 영혼들이 숨쉬는 곳으로

아마도 거기는 장소가 아닐 겁니다
건물도 집도 아니지요
떠남이기도 하고 돌아옴이기도 합니다
그러나 거기는 장소입니다
바닥이 없는 바닥
천장이 없는 천장입니다
기둥이 없는 기둥이고
벽이 없는 벽입니다

우리는 거기서 사랑을 나눴어요
누워서 혹은 서서 그리고 앉아서
날면서 가끔은 기면서
먹지도 자지도 않고요

노래를 불렀습니다
끊임없이 끊임없이 다만 끊임없이

우리의 이름은 멋져졌어요
그건 몹시 시적이거나
철학적이거나 문학적이거나 미학적이지는 않았지만
노래에 가깝다고 모두가 말했습니다
지구에는 없는 노래, 그
노래가 복구될 거라는 희망이
시시한 중얼거림처럼 거리에 울려퍼졌습니다

당신은 들었습니까
별빛 속에서 푸드덕대는 소리를?
나는 내내 뱃멀미를 하면서도
창밖으로 섬처럼 떠오르는
푸른 행성들을 볼 수 있었습니다

* 모리스 블랑쇼, 『정치평론*Écrits politiques* 1953~1993』에서.

고백의 원형들

말해줄게
아랫입술을 깨문 이유를
몰래 버린 새 옷들과
손바닥에 새긴 별무늬를
어떻게 내가 울다가 웃다가 결국
사막의 달 위에 신발 한 짝을
올려놓고 왔는지

맨발을 보여줄게
거울 속에서 자라난 오아시스를
푸른 심장의 굳은살이
언제부터 꽃이 되었는가를
그 꽃이 얼마나 천천히 차가워졌는가를

무지개가 가닿은 바닥에 대해 말해줄게
커다란 웃음소리 뒤끝에
배어나던 핏방울에 대해
정오를 끌어안던 그림자와
눈 속의 검은 만월에 대해
없음으로 있는 당신
모래 기둥 위의 달 같은 당신에게

갇힌 사막처럼 외쳐줄게
모래시계 속의 모래알처럼 쏟아지며

속삭여줄게

슬픔의 가능성

우리는 떠나면서 만났다
앞을 보면서 뒤를 보았다
오지 않는 버스를 기다린다면,
오지 않는 버스를 기다릴 때 눈이 온다면
슬픔은 가능할까?

누구도 슬픔에 대해서 친절히 일러주지 않는다
중앙선은 흔들림이 없고
나는 반으로 나뉘는 상징이 싫다
이를테면 신호등 같은 것
목적 없는 삶은 좋다
이를테면 무모한 사랑 같은 것

눈이 내린다 질문과 답을 뭉뚱그리며
무모하게 쏟아지는 눈 속에서
보이지 않는 건널목을
배고픈 사람들이 장님처럼 우우 건너간다

모든 버스를 그냥 보내버리려고 정류장에 선 사람처럼
나는 웃는다
슬픔이 가능하지 않다면 어떤 건너편이 가능할까?
저편이 이편이 되려면 얼마나 오래 돌아가야 하는 걸까?
우리가 농담마저 망각한다면
이 슬픔의 바다를 건널 수 있을까?

네가 버스에서 내릴 때
나는 마침내 등대를 잃은 사람이 된다
건널 수 없는 건너편으로
하얗게 손을 흔들며 별의 말들이 사라진다

바닥이 난다

비둘기 날개 한 쌍이 바닥에 깔려 있어
몸은 잃고 상징만 남았네
썩지도 않고 누가 훔쳐가지도 않을 평화가
바닥을 치고 있어

하늘을 날던 몸짓은 타이어에 으깨져서 더욱 가벼워
뒷골목 찌꺼기 먼지 속에서 자라난 깃털
바닥에 자꾸 새겨지고 있어
스릴이 없다면 한순간도 살 수 없지
날아본 적 없는 아스팔트 위로
날개의 기억이 촘촘히 스캔되고 있어
구구구, 울면서

저렇게 너덜너덜한 비상의 무늬가
혹시 나에게도 있을까?
추락하던 내 날갯죽지가 문득 간지러워
구구구,
내일이 돋아나고 있는 걸까?
날개들은 언제든지 추락할 수 있어서
비상할 수도 있는 거, 맞지?
바닥을 치면 이제 올라갈 일만 남은 거잖아

근데, 저 선명한 날갯짓은
얼마나 더 오래 추락하고 있어야 하는 걸까?

낮은 곳으로 깔리는 땅거미 구름
구름을 끌고 내려온 그림자
그림자 한구석에 박혔던 돌멩이들과 함께
구구구,
바닥이 떠오르고 있어

검은 우산 밑에서

누군가 내 검은 우산을 자기 우산과 바꾸어갔다
그러자 다른 검은 우산이 나를 따라 나온다
비슷비슷한 역사를 가진 우산들
부풀고 젖고 캄캄한 곡선들이 고개를 갸웃거리며
걸어나간다

우산의 세부는 같지 않다
손잡이의 옆얼굴과 살의 휘어진 정도
묶였을 때의 저항력과 비를 맞이하는 탄력도 다르다
다르지만 결국, 같다
그들의 한결같은 표정
어쩌면 그들의 종말도 멋지게 같다

비는 그쳤다가 다시 내리기를 반복한다
이것이 비의 정체성인가
전선 위의 멋진 까마귀들도 언제부턴가 울지 않는다
이것이 울음의 역사인가
역사의 정체성이라는 게 있다면 나는
어떤 정체성의 역사인가

검은 우산들이 펼쳐졌다가 접히기를 조용히 반복한다
그들은 매우 조용하지만
끝내주게 다이내믹하기도 하다
까마귀와 전봇대

통치와 치통
열린 무덤과 녹아내린 이름들

결국, 우리는 멋지게
둥글어진다
커다란 검은 우산 밑에서

타이포그래피

세상에 뚜렷한 것이 얼마나 될까?

희박한 사람들에게
햇빛의 무늬를 베껴주고 싶다

나는 아주 조금 움직인다

너의 눈썹에서 사자의 갈기까지
사자의 귓바퀴에서 별의 음악까지

아주 조금만 말한다
유릿조각이 흩어진 바닥을 걷는다
심해보다 먼 콧노래를 부른다
아주 조금만 더 말한다

모든 흔적은 형태가 된다

언덕은 바람으로 불어 내려오고
골목은 긴 폐곡선이 된다
너의 의자가 되고 내 그림자가 된다
그릴 수 없는 그림이 된다

더듬더듬
말들이

푸른 감

담벼락 위로
푸른 감들이 매달려 있다

골목은 비틀려 있다
비틀린 골목에서는 판단과 구분을 잘해야 한다
한곳만 보며 가면
나오는 길이 지워진다

감들은 한곳만 보며 익는다
떫을 만큼 떫은 후에
붉게
나무에서 떨어져나온다

감들이 매달려 있다
골목을 지우며 당도한
곧은 햇빛이
푸른 감을 감싸안는다
판단도 구분도 안 하고
꼭 감싸안는다

암모나이트

바다에서 시작되었다 우리는
하나였으므로 나눠지기 시작했다
분열은 달콤했다
수없는 우리가 사라지고 나타났다
어제와 오늘은 내일이 되고
내일은 어제가 되었다

시작은 끝이 되었다
해당화 붉은 겹꽃잎 질 때마다
바람이 눕는 지도가 생기듯
같으면서 다르고
다르지만 같은 방식으로
우리는 이만큼을 낡아왔다

화석은 만들어지는 중이다
발굴되지 않는 부패와 부패되지 않는 비밀과
나로 분열되고 있는 너, 침묵으로
부어오른 근육들 꿈틀대는
단식투쟁하는 죽은 이들의 발가락

멸망을 알리는 천사의 나팔 소리와
허공을 향하는 준비, 땅! 하는 소리
시간의 틈새마다 식지 않은 촛농을 붓고
창백해지는 별 그림자에 20억 년을 이글거린

태양의 부스러기를 뿌린다

바다로부터 여기까지 왔다 우리는
굽은 너의 어깨에 나의 손을 올리고
너의 끝에 나의 시작을 맞댄다, 우리는
한 시절 열렬히 몸 비비다 가는
낡고 둥그런 흔적이다

어느 날

책을 뜯어 상처에 바르고

그림자를 깔고 누워서
구름을 걱정해

날개 달린 물고기
두꺼비 공주

무덤가에 놓인다

너는 멀리서
세상의 치맛자락을 꼭 붙들고 있어

나는 날개로 헤엄치고
왕관을 팔아서 술을 살 테니

발이 젖은 사람들과
살이 차가워진 사람들은

무덤가에 오래오래 서 있다가
뻐꾸기 울음소리가 될까?

웃음이 메아리가 아니라면
정말, 울 수 있을까?

천변에 은행나무 더 푸르고
흑맥주를 마시면 별은 더 빛나고

그림자가 따스하다

심장을 무덤에게 맡기고
무른 복숭아를 삼키자

어느 날,
그 어느 날에는

즐거운 소개

골똘한 난생의 동물,
오래 쓴 베개처럼 움푹합니다
케이크 상자에 매달린 성냥만큼 분명하고
항구의 얼음만큼 자유로우며
삘기에 와플처럼 모호합니다
원더우먼 놀이를 좋아합니다
우산살처럼 급진적입니다
굴러가는 푸른 편자입니다
웅크린 새의 검은 등입니다
유독가스를 마신 창백한 손등입니다
한밤의 고양이처럼 상냥합니다
옷깃에 주렁주렁 낙타를 달고 다닙니다
고원의 바람에 오르고 있습니다
유목을 상정하고 정처를 숨깁니다
당신에게 눌렸던 그림자입니다
그때 마신 맥주의 거품입니다
너의 머리카락을 잘라준 가위,
네가 잃어버린 구두 한 짝,
시인이 빠져 죽은 맨홀입니다
다섯 개의 칼날을 가진 별
쏟아져버린 핏빛 포도주
네 눈동자에 퍼진 붉고 아픈 형편입니다
어떤 노르스름한 여관방
댓돌에 매달려 있는 모래 세 알

1억 년 동안 그 세 알의 모래에 부딪고 있는
단 한 번의 일몰입니다
나에게 죽어버린 나
따갑게 늘어선 8월의 흰 벽
뒤에서 들려오는 모르는 언어
거울에 비친 달력입니다
너에게 없는 너,
이 한없이 즐거운 부재입니다

답신_a

보내신 편지를 받지 않았습니다

오랜 여행을 살고 있습니다
전사(戰死)의 소문과
들리지 않는 소식들로

엷어지는 사람과
거꾸로 놓인 카드 위에서

두 눈 가진 것들이 아름답습니다
두 눈 가진 것들은 추악합니다

까마귀의 눈처럼 어두워진다면
모름을 모를 수 있을까요?

환상이 보여준 얼굴은
번뜩이는 밤보다 놀라울까요?

두 번의 침묵을 드리고 싶지만
그것의 타점은 세 번이어서
얼음을 깨는 사람의 땀을 흘립니다

돌아오지 않아도
스스로 울 수 있습니다

이름을 지운 편지가 있고
한 장도 찢지 않고 말릴 만한 세월이 있습니다

배롱나무 검은 그늘에 앉아
처음을 노랗게 물들여서

사라진 주소를 길게 적었습니다

조세핀*의 날개

오르막을 올라
내리막에서 바퀴를 굴리는 이에겐
언덕의 감정들이 있어

슬픔으로
너를 묶어놓았다

편지한다는 말은 못 들었어
고통만 담긴 날개를 굴려 보냈니?

궁금한 게 있고
굴러가고 싶은 곳이 있니?

나를 통해 너를 떠올리지 마

외로울 수도
외롭지 않을 수도 있으니까

공중부양처럼
목소리가 목소리를 찾다가
텅 비어서 되돌아와

우리가 날개를 달지 않은 이유가 뭐였지?

아무도 모르고 아무것도 아니야

흰 귓불이
붉은 바퀴들이

먼저 떨어지는지
어디에 묻히는지를

덜컹덜컹
울면서 두근거리면서
날려 보내는 일

* 1. 낡아빠진 자전거의 이름
2. Teitur Lassen, 〈Josephine〉.

나는 어리다

나는 어리다
너는 상상할 수 없을 만큼
연못 위의 개구리만큼 작고
해변의 갈매기처럼 낡고
동굴 속 부싯돌처럼 캄캄하다

나는 본다
이슬 위에 맺힌 이슬
어둠 아래 깔린 어둠을
나는 잡는다
줄줄 흘러내리는 것
스르르 빠져나가는 것들을

나는 웃는다
돌부리들이 농담을 건네서
지렁이의 허리가 꿈틀거리니까
온갖 아픔이 저토록 어설픈 모습이라서
가끔은 운다
어떤 사람의 발이 젖어 있어서
함부로 친 펜스가 비구름 색이고
죽은 고양이의 발바닥이 분홍색이라서

나는 안다
부서진 식탁에서 밥 먹는 법을

뺏긴 이불의 따스함과
빛을 잃은 사람의 눈 속에
어떻게 다른 빛이 생겨나는지를
다만, 모른다
너의 목록이 얼마나 다양한지
너의 이마가 얼마나 번쩍이는지
너의 어깨가 얼마나 단단하고
너의 가죽이 얼마나 두툼한지는

나는 느낀다
날아간 새의 날갯짓과
시든 꽃의 향기를
나는 사랑한다
배신한 애인의 좁은 등짝을
검게 부푼 시궁창을
닳은 구두 뒤축에 밴 리듬을
죽은 사람이 남긴 가난한 노래를
병든 달빛 아래의 만루 홈런을
세계의 모든 푸르스름한 반짝임을

나는 흐리다
가늠할 수 없는 곳에서
부를 수 없는 이름을 부르고
들을 수 없는 소리를 듣는다

흘린 피를 술병에 나누어 담고
도둑맞은 눈물로 책을 찍어내며
점점 더 뚜렷이 흐려진다

나는 여기 있다
네가 기억할 수 없을 만큼 오래,
네가 말할 수 없을 만큼 많이

미니멀리즘

유리창의 세계가
눈송이에 담겨 녹아내린다

꽃의 형식으로
우주를 품었다 버린다

모든 미로들은 어디에 들어 있을까?

너에게 건넨 사랑
오븐 속의 머리카락
폼페이가 사라진 방식
굼벵이의 속력
꽃병 물 냄새 속에서

슬픔은 각자의 미로를 헤맨다

모든 천장에 묻어 있는
푸른 파리똥

2부 타인의 고통

삼원색

슬픔 없는 참혹이 사거리에 서 있다
어제의 모래 기둥을 껴안는다
버스가 시립병원 앞에 선다
슬픔이 노선을 벗어난다
바퀴가 쿨럭쿨럭 공회전할 때
사랑이 사라지며 나타난다
죽은 혁명의 살점이 오늘의 다리 사이로 떨어진다
'아직도'라며 사이렌이 울린다
순간마다 영원을 던진다
손가락으로 모래알을 부순다
내일 위에 머리카락을 뿌린다
마른 눈꺼풀을 가진 그림자를 감는다
서로 닮지 않은 우리가
한 쌍의 눈물처럼 춤을 춘다
내가 너의 뼈와 가죽을 가르고
무릎을 꺾으며 걸어나온다

오래된 새장

한쪽이 무거워진 새장은 기울어 있다
문은 닫혀 있고 열쇠는 반짝이지 않는다

낡은 철창에 푸른 번개가 치면
숨은 장소들이 삐걱삐걱 나타난다

뼛조각을 희미하게 드러내며
별들이 어둠을 이어 붙인다

부유한 어제는 죽었다
가난한 내일이 홰를 친다

우리는 낮에만 태양이 타오른다고 말한다
우리는 밤에만 별이 빛난다고 믿는다

너에게 나는 빛나고 있니?
빛나는 건 모두 멀리 있니?

우리는 말이 새어나올까봐
가슴에 손을 올리고 잠이 든다

우리의 귀는 새를 닮아 있고
심장은 새장 모양이다

새장을 열고 날아간 새들이 영영 돌아오지 않는다

꿈에 관한 꿈

"그날 밤에 있었던 사람들은 서로들 잘 아는 사이였고,
그 때문에 아연실색했던 거지요."
—호르헤 루이스 보르헤스

뒷면 없는 뒷면

그림자를 뭉쳐놓았어 꿈이 현실이 되는 순간 밟아버리려고

무한한 발

개미들은 끊임없이 앞 개미를 따라 기어간다 시작도 끝도 없는 중독 속에서 문득 두리번거린다

무거운 구름

그때였어 누군가 내 어깨를 툭 친 것은, 모르는 그 사람은 늘 마주치던 그 사람이었지 안녕하시오?

백열여섯 개의 우산살

죽음의 약동 살아 있는 몸부림 진득하게 들러붙은/스르르 흘러내리는/둥둥 떠오르는

검은 뒤꿈치와 하얀 눈동자 사이
달팽이처럼 영원에 드리운
끝에서 끝으로
부서진 눈물 조각

나를 모르시나요? 우리 몇 번 본 적이 있지 않습니까? 발 앞에 떨어져 있던 그가 말을 걸어왔지 그는 뭐랄까, 줄어든 내 그림자 같았어

망각의 색감
멜로디 없는 멜로디

외벽은 서로의 잔영을 비춘다 겹눈 모양으로 펼쳐진 길에서 흰옷을 입은 사람들이 지나쳐간다 비로소 말이 들려온다

부르지 않은, 그 노래의

눈사람의 사회

각이 모조리 사라졌는데도 굴러갈 수가 없습니다
마주보고 있지만 악수를 청하지는 않습니다

그런데도 웃거나 울고 있다면, 그건
첫눈에 대한 희미한 기억이나
이별의 습관 때문입니다
어떤 기분일 뿐입니다

춤을 추면 굴러갈 수 있다구요?
그럼, 눈 오는 날 하얀 새들은 길을 잃어버릴까요?
새들은 어디서 밤새 녹아내리나요?
한쪽 눈썹은 원래 그렇게 우스웠나요?
코가 비뚤어진 건 내 탓이 아닙니다

줄줄
심장이, 결국, 흘러내렸나요?

몸이 둥근 사람들이 돌이킬 수 없이 넘어집니다
우리는 더욱 조용히 웃고
펑펑, 희미하게 웁니다
눈 내리는 창 너머에서
누군가 새 눈사람을 만들고 있습니다

바닥이 깊어지고 있습니다

밤을 잊은 그대에게

낙엽을 밟은 쾌락
꽃잎을 뿌린 타락

붉은 털목도리를 뜨네

네 주름에 어울리는
내 죽음에도 잘 어울리는

환호 소리가 학살자의 땅을 채울 때

왜 숨결에 대한 상상을 멈추지 않는 걸까?
침몰은 핏물처럼 검은데

죽음보다 더한 끝
죽음보다 더한 꿈

키스는 짧고 매듭은 길어지네

그림자는 깊고
눈물샘은 얕으니까

마지막까지 마지막으로 기념해

붉은 밤에게 붉은 밤을 둘러준 것을

4 : 85 p.m.

밤과 아침을
빠짐없이 보고 싶어하지만

가장 밝은 것 앞에서는 눈을 감는다
눈이 멀지도 몰라서

내려갈 데가 없는 사람들이 어딘가로 자꾸 올라간다

표정을 내려놓은 좁은 어깨에
비뚤어진 공중에서 떨어지는
검은 성질의 구름에
1킬로미터마다 우리를 기다리는*
붉게
탄 흰자위에

바닥보다 더 낮아진 고공 85호에

이별이 온다
하얗게 바랜 밤이
갔다가도 얼른 또 온다

기억나지 않는 분노들이
빛바랜 사랑들이
눈뜬 눈먼 이들이

눈먼 눈뜬 이들이

이별처럼 캄캄한 입을 벌리며

시계가 멎는다
비명은 멎지 않는다

* 볼프강 보르헤르트,『이별 없는 세대』에서.

판단하는 양

부엉부엉 짖고
멍멍 우는 꿈

양치기 개를 따라간다
야앙야앙 하고 울지는 않는다

잃어버린 양이 비를 맞는다
나를 찾지 마세요

눈먼 양들이 언덕을 넘는다
낭떠러지가 앞에 있다

당신을 따라가지 않으면 어떻게 될까요?

아흔아홉 마리의 그네를 타는 양
넘어지는 양
세 번 거짓말하는 양

더 깊은 골짜기에서
더 깊은 골짜기로
덫을 기다리는 양
다시는 일어나지 않는 양

양의 탈을 쓴 개

목자의 탈을 쓴 양떼
양떼를 입은 목자
낭떠러지를 찾는 전망

한 마리 분량의 자유
한 마리의

매에매에 웃는 양

파르티타

주머니 속처럼 긴밀하게
죽은 눈이 내려온다

무언가가 무언가를 하얗게 덮기 위해

흘러왔고
흘러가기 때문에

입을 벌리면 밤이 기척도 없이 심장에 쌓인다

머리칼은 하얗게
손은 파랗게
심장은 검게, 검게

결국 너를 부를 수 없는 이유는
검은 심장이 폭설처럼
내게로 푹푹 쌓이기 때문에

검게 죽은 흰 손
목을 매단 울음소리를

타인이라 부른다
신이라 부른다

이유 없이 쌓이는 밤을

광장의 불확실성

광장이 지고 있네
피비린내 나는 석양이
저녁의 가난한 갈빗대를 비껴가는 동안
나는 사라져가는 길의 초입에서
사라져가는 길을 걸었던 사람들을 보네

역사는 흔한 소문이네 결국
저녁이 오고 있나?
길은 어디에나 뚫려 있고
어디로든 막혀가네
피 고였던 자국처럼
혁명은 일어나지 않지만,
세상에는 사라지는 게 없네

사라진 길에게
사라진 길의 안부를 묻는 저녁이네
나는 광장의 일몰처럼 천천히
붉은 팔을 활짝 펴고
눕네
과연 혁명은 일어나지 않지만,
광장은 광장이 아닌 것이
아니네, 아직은

어두운 광장에 불 켜지네

죽은 사람이
산 사람의 노래를 부르고 있네

질문

잠자며 걷는다
노란 동전을 던진다
눈을 감고 책을 읽는다
정류장을 지나친다
뿔뿔이 흘러간다

또는 너와 너에 대하여 묻는다;

노래입니까? 들리지 않는
정류장입니까? 보이지 않는
공간입니까? 사라져버린
시간입니까? 흩어져버린

울며 지나가는 아이/핫팬츠를 입은 소녀/버스를 타는 남자

그림자 있는/그림자 없는/그림자로 이루어진

암흑의 절단면
살고자 올라간 끝에서
죽은 흰 얼굴들
말 없는 말;

너입니까, 나입니까?

너이고, 나입니까?
어째서
혹은 그렇다면
이 질문*입니까?

* 아마 그것은 약간 지워진 말, 지워졌기 때문에 어떤 단수적 의의(sens singuliar)로 약간 풍요로워진 말이었을 것이며, 마치 물음보다 대답에서 언제나 어떤 모자람이 있는 것 같았다. ―모리스 블랑쇼, 『기다림 망각』에서.

팬클럽

우린 서부 태생 소녀들
무지개 야광 링을 열심히 흔들며
애인들의 이름이 적힌 피켓을 들었어요
루루루
환호성과 야유를 쉬지 않고 보내요
사라진 마법이 다시 나타나
객석까지 최루의 냄새가 풍겨와요

오후의 공연은 뒷담의 낙서나
커피 앤 도넛처럼 지루하죠
긴 팔을 휘저으며
우린 스타의 등장을 기다려요
보이프렌드는 짐짓 서로에게 양보하지만
알 수 없죠, 혹시 우리 중 하나쯤은
강경대나 박종철 오빠의 연인이었는지

물론 우린 스타가 되지 못해요
하이힐을 신고 무지개의 절정까지 뛰었을 뿐
우리 중 하나쯤은 휘파람 소리에 실린 미래를
믿었을까요?
신기루가 사라지는 순서는
보남파초노주빨
우리가 꿈꾸던 건 무지개의 끝
끝에서 분명히 다시 나타나는

그게 무지개라면서요?

우린 서부 태생 소녀들
로데오의 관객처럼 포기를 모르죠
휘파람만 닿는 음역으로
오랫동안 반복되던 새벽의 노래를 불러요
바닥에 떨어진 태양을 불러일으켜요
루루루
서쪽에서 돌아온 오빠들
끝나지 않는 여명의 콘서트를 다시 시작하려
낡은 무대 위로 떠오르고 있어요

그림자 극장

흑백티브이를 보다가 등이 캄캄해진다

말하고 싶은지도 모르지
보았을지도 모르지

입은 감고 눈은 다문다

둘러앉은 그림자들의 그림자가 운다
그림자가 그림자를 버린다

헌 맹세처럼
어떤 소문처럼

먼 마을에서 슬픈 그림자들이 쓰러진다

썩은 지느러미가 썩는다
녹은 바람이 녹는다
죽은 섬이 죽는다

부서진 바위라는 투로
캄캄하다며,

쉿쉿
쿵쿵

그림자가 그림자를 지운다

떠오른 살점을 건져내며
검은 침을 흘린다

그림자 없는

먼바다에 그림자들이 득시글거린다
감은 입들이 와르르 웃는다

시작과 끝

1
그 시작은 나의 시작.

오래된 고백 같은 수면 위로
오랫동안 철새들이 찾아오고
안녕, 안녕, 날아갔다.

밤이 씻은 얼굴을 거울 위에 비추었다.
아침이 금빛 돛을 단 천 개의 요트를 띄웠다.

사랑스러운 이름들이 구불구불 맺혔다.
꽃과 달을 품에 안고
바람이 먼저 깊어졌다.
바람을 타고 별이 흘렀다.

2
흐르지 않는 사람들.

바람을 파내면 무엇이 불어올까?
별을 뽑아내면 무엇이 빛날까?
대답이 없다.
귀가 없다.

그들은 쇠로 된 팔을 들어올린다.

칼과 자를 들고
세상의 가장자리를 반듯이 잘라낸다.

별의 조각이 썩어들어가는
네모난 왕국 위로
석양이 내리지 않는다.
시작과 끝이, 영원히
흐르기를 멈춘다.

그 끝은 우리의 끝.
꿈의 순서를 바꾸어버린 후
시작되지 않는 끝 위에서
안녕을 외치면서도 눈감을 수 없다.

3
훨씬 오래전부터

모든 강은
다른 모양의 새벽을 갖고 있었다.

타인의 고통

별의 유언이
바닥에 내리는 것을 보았어요
푸드득 푸드득
붉은 나비들이 날아올라요
별의 주검이 하얀 날개를 토해요

사라지는 입들이
사라지는 이름을 자꾸만 불러요
사라지는 사람이
웅얼웅얼 바닥을 들어올려요
8월의 혀처럼 뜨거운
바닥이 등을 구부리고 언덕이 돼요

우린 붉은 언덕을 사랑하고
푸른 죽음을 사랑했지만
바람으로 바람을, 순간으로 순간을
말할 수 있을까요?

누가 타오르는 다섯 망루를
별의 높이에 세우려 하나요?
기도문이 손을 흔들며 입안으로 들어가요
입이 몸안에 맺혀요

우리의 무게를 꽉 다물어요

저 깃털 같은 입들이

패러독스 파라다이스

“어찌하여 검은 밤이 입속에 모이는 것일까?
어찌하여 죽은 사람들이?”
—파블로 네루다

다리가 무너지기 시작했다

목둘레를 부풀린 밤이 다리를 먹어치운다
건너기 위한 다리는 사라지고
뛰어야 하는 다리만 남는다

철골 밑에서 꼬리들이 울고 있다
몸을 뒤틀며 무너지는 다리
(들릴 듯 말 듯)
무너지기 위해서는 결단과 용기가 필요해
힘내라, 말라비틀어진 다리!
(그들의 다리는 연골이 다 닳았지)

죽은 태양 아래에서 세계가 철컥거린다
외침은 발을 절고 날개는 기어온다
쏘지 마!

균열 속에 눈이 있어
꼬리 끝에 머리가 있어
젖은 바리케이드

타버린 심지가 만든 마지막 형상
너의 이름 위에

얼룩덜룩
별의 근육을 그려 넣는다

한참

혼자
여럿이

이를테면 별과 별 사이
길을 내려고

흐려지지 않기를 바라며
흐려지고

반짝이지 않기를 바라며
점점 반짝거리면서

서 있거나
앉아 있거나
구르거나
뛰거나

한참 된 농담처럼
숨을 죽이면서

캄캄한 우주
아침 새의 목소리
이루어질 수 없는 사랑
죽어버린 죽음들

여기의 한참
그날의 한참들

덧없는 시 한 편
메로나 한입
십 원짜리 동전들
망루 속 불길

스스로 켜지는
별빛들

첫눈의 세계

소녀가 눈썹을 쓰다듬고 있다
암흑이 봉투를 밀봉하고 있다

바람이 별의 입술을 만지고 있다
죽은 풀이 두근거리고 있다

너의 책상 서랍에 편지가 들어 있다
거기서 우리가 껴안고 있다

사랑이 망명을 결심하고 있다
그 나라가 불타고 있다

오늘이 어제를 미워하고 있다
어제가 내일을 부서뜨리고 있다

산기슭에 묻힌 흰 개의 주검이 드러나고 있다
자명종이 울리고 있다

사운드 오브 사일런스

이국의 하늘을 나는 비행기 안에 있었습니다
바넹바르로 가는 길이었어요
한쪽 하늘은 어두웠고

다른 쪽 하늘엔 파란 바다와 붉은 노을이었지요
밤과 저녁 사이를 나는
영원의 비행중에
누군가 침묵을 가리켜
소리라고 하는 것이었습니다

사람들은 화장실에 가려고 줄을 섰습니다
밤과 저녁 사이
별과 바다 사이에서
우린 밥을 먹고 물을 엎질렀고
콧물이 나거나 슬펐고
배에 가스가 찼지요

대체 몇 시인지 궁금했고 언제 도착하는지 알고 싶었으나
말하자면 이건 침묵을 가르는 비행일 텐데!

나는 크게 웃었습니다
담요를 덮고 안전벨트를 하고서는
저 아래 검은 바다에 불시착하는 상상을 했어요

망망대해에서 노란 구명조끼를 입으면
별은 빛나고 바닷물은 차갑겠지요
나는 별처럼 떠오르며 죽어가겠지요

침묵의 소리처럼

죽어가는 사람들처럼 꿈꾸었습니다
내 고향인 그 도시에서
국적을 잊고
습관대로 매일 울면서
구명조끼에다 노란 별을 매달고
검은 바다를 헤엄쳤습니다
그것은 바넹바르로 가는 길고 긴 비행이거나
끝이 없는 침묵의 꿈이라고 했습니다
소리가 나지 않는 소리

죽지 않는 죽음처럼

침묵으로 말하자면
내 검은 바다여
검은 광장이여
우리가 침을 한번 더 삼키면 우주로 날아갈 수도 있어요
묵은 꿈들이 침묵의 배를 갈라
인형 솜 같은 우주를 끄집어낼 거예요

죽은 이들의 죽음이 살아나

살아 있는 우리의 삶을 말할 때까지
나는 더 크게 울려고
날개를 접고
입을 꼭 다물었습니다

3부 모조 거울

발음

최초의 인간이 되어
인간이 되지 않는 꿈을 꾼다
아, 어, 불그스름하고
푸르스름한
눈밭에 찍힌 발자국
천천히 자라나는 그림자

쓴다

고양이는 붉은 책장을 핥는다
나는 쓴다
동물의 혀는 정직하구나
창문을 열고
창문을 닫는다
머리를 빗는다
자라나는 신체는 누구의 선물일까?
마지막 선물인 듯 노래를 부른다
가면에게 빼앗긴 가면을 기억한다
동물의 얼굴을 밟고
바로 이 갈림길까지 걸어왔다
마른 저수지 앞 간이의자에 앉아
바닥에 꽂힌 부표를 펴본다
새로 만들어진 젖꼭지
양극을 가리키는

구름의 상실

너는 오전에 빽빽해지고
나는 오후에 밍밍해진다

너는 연못에 빠지고
나는 바닥에 묻힌다

너는 더 납작해지고
나는 더 달콤해진다

구름을 밀고 가는 한 무리의 구름처럼

구름의 터울
구름의 모서리
구름의 구름처럼

너는 잼 뚜껑을 열고
나는 수많은 하나의 순간을 연다
연민과 거부와 대기로 이루어진 전 세계*
붉은 별들이 내려앉은
너의 환상과 나의 사랑을

그 순간들을
우리는 밀고 간다

* 니코스 카잔차키스, 『그리스인 조르바』에서.

사랑을 지키다

수박을 들고 커다랗고 짙은 수박을 들고
붉은 물이 가득 든 초록 수박을 들고

삶보다 무거운 수박을 들고 땡볕 아래 걸었네
오래 걸었네 뜨거운 길을 걸었네

짙고 푸른 껍질을 쪼개면 시원할까
그 붉은 물은 달고 시원할까

멀고먼 수박 껍질 속의 세계를 향해 걸었네

던져버릴 수 없어 떨어뜨릴 수도 없어
둥글고 커다란 수박은 깨져버릴 테니까
짙고 푸르지만 수박의 껍질은 연약하고
내 팔은 가늘고 등은 굽었다

터벅터벅 걸었네
멀고먼 길 끝이 기억나지 않는 노란 길을
달콤하고 붉고 무거운 그대와
아! 가겠소 난 가겠소 저 언덕 위로*

목이 마르지 않았네 눈물이 흘렀네 멀고먼
지워지고 말 꿈에서

* 한대수의 노래 〈물 좀 주소〉에서.

빛나는 착각

본다
듣는다
서 있다
다 컸고
아직 어리다
자유라는 것이 있다
오늘은 산책길이다
여긴, 광장이다
눈이 하얗다
하늘이 파랗다
새들은 어떤 착각으로 날까?
어제가 있었다
내일이 있다
직선이 존재한다
나는 아름답다
얼룩으로 아름답다
네가 더욱 아름답다
두려움으로 아름답다
우리가 사랑한다
반짝
빛나는 무언가가 있다

답신_b

내려놓지 마

기다려서도 아니고
기다리지 않아서도 아니고

노을처럼 지나간다
푸름이 붉음을 거쳐 검정으로

매일이면서
단 한 번이야

사자가 말을 한다
앵무새가 재주를 넘는다

무덤이 집이 되고
죽음이 밥이 되고

산 손바닥에 놓인 죽은 수저 한 벌

등을 파고들어도
바라보기만 할 거야
아아
순하게 웃고 있는
입과 눈과 귀

봄눈 같은 웃음이
목련의 울음을 걷는다

죽은 사람의, 거무스름한 두 발로

원형들

이타적 관점
피 흘리는 발은 꽉 끼는 구두를 사랑해
단테는 베아트리체를 사랑했고
나는 결코 밝아지지 않는 어둠을 사랑해

3월의 꽃은 어디에 있어
4월의 잔혹은 어디로부터 와
독재자는 아직 숨쉬고 있니

태어나지 않은 꽃잎을 씹어 꽃물을 발라
태어나지 않은 자유를 이마에 바른 사람들이
어디선가 숨죽여 울어

반대편에서 펄럭펄럭 불어오는 칼날들

퍼포먼스
우는 게 아니야
지하실에서 자라는 나무의자야
싹 틔우는 꿈을 꾸며 다리가 썩어가는
표정이나 몸짓이야

보이지 않는 걸 보고 있니
아무것도 믿지 않니
과거를 희망하다니

희망은 낡을수록 새로워지니

나날이 붉어가는 얼굴로
다 살아버리자
사랑 앞에서 부리는 고집보다 아름다운 게
이 생에 다시는 없어

어딘가에 떨어뜨린 푸른 동전들이 짤랑거려
영원히 닫히지 않는 달빛이 덜컥거려

울다가 노래
웃다가 돌멩이

너는 나무

1
찰랑찰랑 떠올랐지만
손바닥이 차가워

삶은 짧은데
끔찍하게 선명한 자국이 남는다

지금보다 아름답고
지금보다 착하지
강바닥이 사라지는 동안
그들을 잊는 동안

영원히 영원을 비껴난다

2
빛나는 십자가를 등에 지고
발끝을 본다

그림자보다 조금 더 멀리서
밤이 미끄러지지

실핏줄 같은 뿌리들이
창백한 빰을 맞대며
서로에게 피를 나눠준다

그래, 거기 서 있어
한 그루 진심으로
울울한 달빛을 드리우며

유년시

순이 언니가 없어졌습니다.

언니가 청소를 끝내고 개밥도 주고 내 옆에 누워야 하는데.

그러면 불을 끄고 잘 수 있단다.

고무줄놀이를 하다보면 슬며시 어두워지는 골목길.

쌀가게 옆 쪽방들이 다닥다닥 붙어 섰습니다.

엄마의 책방이 있던 언덕 위에 자전거가 서 있단다.

자전거는 굴러가지 않았습니다.

어두운 하늘과 죽은 식물들이 내 꿈으로 들어옵니다.

아무도 없어 나도 없어.

아무것 없는 세계가 경악으로 가득찼단다.

책들은 여태 노래를 멈췄습니다.

절대로 일어날 수 없지만 일어날 수밖에 없는 일이었습니다.

나는 도대체 굴러가지 않았단다.

저녁들은 손가락이 까맣다고 웁니다.

거짓말을 하고 친구네 집에서 놀다 왔다고 한 저녁은 나를 때렸습니다.

한 저녁이 내게 거짓말을 하고 순이 언니의 뺨을 때렸습니다.

엄마는 책방에서 바빴고 나는 책들이 어디로 팔려 가는지를 몰랐단다.

팔려 간 책들에 불을 붙이자 검은 연기가 솟아오릅니다.

다닥다닥 골목길들도 솟아오릅니다.

그토록 많은 쪽방들이 타닥타닥 솟아오릅니다.
순이 언니가 아직도 저녁 위에 서 있습니다.
슬며시 어두워진 언니의 손을 잡았단다.
언니, 어서 이불로 들어와.
나는 여태 잠도 안 자고 기다리고 있는데.

손가락이 까맣게 자라고 있단다.

사랑을 잃다

사랑을 잃었네 그리고
뒷마당의 보리수나무 한 그루와
노래하는 종달새 한 마리를 찾았다네

두 눈을 잃었네 그리고
노래를 받아 적을 두 손이 남았다네
구두 뒤축은 땅 위에 누워 있네
값싸고 튼튼한 한 켤레의 구두
발에는 시간의 꽃이 피네
발가락에는 하늘을 향해 휘날리는 깃발들이
꽂혀 있다네

노래를 잃었네
그리고 노래하는 입을 얻었다네

마음을 잃었네 그리고
마음을 담을 주머니를 받았다네
그건 외롭고 낯선 짐승의 가죽으로 만들었네
결코 찢어지지 않는 주머니에서는
낡은 사막의 냄새가 난다네
냄새로도 노래를 부를 수 있을까?
가끔 생각한다네

두 발을 잃었네 그리고

노래를 알아볼 두 눈이 생겼다네
멀리까지 가라
더 멀리까지 가라
눈은 명령하고 발은 누워만 있네
깃발을 휘날리며 힘껏 누워만 있네

그러니 이제 사랑할까, 나의 잃어버린 사랑
그러니 이제 노래할까, 나의 잃어버린 노래

두 손을 잃었네 그리고
그려야만 할 마음을 가득 품었다네

잡(job)

눈에 박힌 손가락
겨드랑이에 묻힌 그림자

먼산에 걸린 손
나무 위에 열린 배꼽

발바닥을 덮은 혓바닥
혓바닥을 밟은 발꿈치

매콤한 잔디 언덕과
짭짜름한 옥상

조금은 이유가 있고
조금은 이유가 없으며

대개는 별수없이

심장이 뛴다
퍼렇게 죽은 다리로

오늘의 카레

우산을 쓰고 가는 날
우산을 쓰지 않고 가는 날
푸른 구름 아래
붉은 잔디 위에서도
오늘의 카레는 올곧은 노란색
'모든 건 실수일 뿐'이라는 문장을 잃어버렸어
그래도 어떤 실수는 따뜻했어
나와 함께해줄래?
카레는 아마도 괜찮을 거야
괜찮지 않은 것만큼 괜찮을 거야
자랑스럽군
손이 이만큼 차가워져서
빗속에서 빗속으로
실수에서 실수로
카레의 오늘은 어쩌면 초록색
어제를 묻지 않을게

수장(水葬)

—디스코머리 땋기

수면은 아직 푸르다
내 손은 내 끄트머리엔 닿지 않는다
세 갈래의 내가 웅성대며
귀 뒤에 쌓인다
합쳐지다 갈라지는 세 갈래 표정
불어난 그림자에는
날마다 흐름이 달라지는 물살이 박혀 있다

누군가 나를 땋는다
속속들이 헤집어
세 갈래의 나를 끄집어낸다
나는 달콤하고 둥근 딜레마를 입안에 굴리며
천진하게 뒤돌아서 있다

쫑쫑쫑 흰 가르마
천릿길 걸어 유년의 고랑에 누운 젖은 풀 냄새와
꽃소식 같은 부음들
풀풀풀 쉽게 풀어지던 사랑과
콧물처럼 속수무책으로 흐른 이별
식지 않은 최초의 눈물과
스무 살 무렵 네 앞에서 피시식, 나와버린 웃음
가파른 옆구리에서 방금 뽑아낸
녹슨 화살촉
한없이 투명해지는 삼색 혈관

서로 부둥키며 길어지는 들숨 날숨
둥둥둥
처음 편지봉투를 띄운 이래
자꾸만 다시 태어나는 검은 소용돌이 너머
멀리, 저 멀리

누가 여전히 설레며
내 뒤에 서 있나

모조 거울

사막과 별은 달라서 좋아
당신의 말이 들리지 않아서 좋아
나는 피투성이로 빛나네
되도록 멀리서 빛나는 게 좋아
어릴 적에 베어낸 두 발은
검은 풀 뒤덮인 정원에 묻고
난쟁이의 발자국처럼 비밀스럽게
밤마다 손톱에 달을 그리네
발뒤꿈치에서 뽑은 푸른 깃털로
높디높은 유리산을 쌓네
이 까마득함이 좋아
끝없이 미끄러지면서 되돌아오는 노래가 좋아
인두겁을 쓰고도 네발로 기어서
죽은 달의 등뼈를 타고 오를 거야
당신의 거울이 될 거야

선물 상자

노 서프라이즈
리본들이 웃는다
인스턴트 눈물
녹아내린 사탕들의 내면
기뻐하던 월요일 아침
금요일 저녁을 기억해냈어
사랑해
잠결에만 나는 속삭였어
몽당 색연필로 그리던 그림
찢어진 쪽지에 쓰던 시
꿈이었는지 추억 속이었는지
반짝거리는 저세상 속에서였는지
맹세해
구멍난 신발과
잘린 머릿결에 대고

상자 안에 상자 안에 상자 안에 상자
리본들이 흐느낀다

백만 송이 장미에 붙인 비밀

엄마, 당신에게 전화를 걸면
백만 송이 장미는 왜 그렇게 서럽게 피어날까요?

버스가 나를 골목에 내려놓았어요
저녁이어서 깊고 어두웠지요
닫힌 문 앞에서 울고 있을 때
우르르 하수구로 쓸려가는 핏물 번진 눈동자들

듣고 있나요 엄마,
아낌없이아낌없이 주기만 할 때
백만송이백만송이 장미가 정말 필까요?
당신을 닮은 나의 자궁에도 백만 송이 그 장미 피어날까요?

당신은 오랫동안 내게 사랑의 기술*을 가르쳤지요
긴 저녁을 거슬러 푸르러진 장미의 나날,
내가 삼켰던 백만 개의 꽃잎이
백만 개의 우물 위로 떠오르고 있어요

엄마, 비밀은 알고 있어요
하지만 왜 모든 슬픔은 배꼽에 고일까요?
내 딸이 탄 버스가 그 깊은 골목에 당도하려 할 때
당신의 울음 속에 물결치는
그 꽃잎을 타고

우리 이제 그립고 아름다운 나라로 갈 수 있나요?

* 서가에 꽂혀 있던 에리히 프롬의 『사랑의 기술』. 이 부분에 엄마는 밑줄을 쳐두었다. "만일 그대가 그대 자신을 사랑한다면, 그대는 모든 사람들을 그대 자신을 사랑하듯 사랑할 것이다. 그대가 그대 자신보다도 다른 사람들을 더 사랑하는 한, 그대는 정녕 그대 자신을 사랑하지 못할 것이다."

창문

작은 창*이었어
들어가려고 했던가
아니면 나오려고?

엄마의 식탁보가 보이고
못에 긁힌 다리가 쓰라리지
잘못 찍힌 사진이나
창틀에 쌓인 먼지처럼

달을 보지 말걸
너에게 말 걸지 말걸
그때 웃지 말걸……
사람들이 왜 우는지 알고 있니?

벗어던진 운동화는 어느 지붕으로 떨어져
어느 지방의 과부의 딸이 신게 되는지는 알 수 없지
눈물은 어느 사막에 뿌리고
핏방울은 어느 운하로 흐르게 해

이걸 그날의 골목에 비교할 수도 있다
가시가 많고 어둡던
보넹보르로 가는 그 골목에는
담벼락마다 벽화들이 까맣게 쓰러지고
앉은뱅이꽃 잎들이 바닥을 파고들어 그림자를 불러냈

는데

그걸 꿈이라고 부르기만 했어

무책임한 선율처럼 두려운
동굴의 입구이며 출구

다만 헛간에서 빠져나오기 위해
또는 어둑한 부엌으로 들어가려고 발버둥치는
창문도 아니고 보름달도 아닌

다만 기억에 없는 살결
반지에 새긴 이름
식탁에 머무는 고요
감은 눈꺼풀

모든 너
그리고 나**

* 사뮈엘 베케트, 「추방자」를 참고할 것.

** 모든 달.

아포리아

침묵처럼 분명하고 싶어
보리밭처럼 하염없고 싶어

입 벌린 조개처럼 타락하고 싶어
해변의 미역처럼 순결하고 싶어

여러 그림자들이 겹쳐 있어
당신도 아니고 나도 아닌, 그럼 누구지?
내가, 또는 당신이 없다는 말인가?

검은 바닥에 우리가 일곱 번 떠올라
찬란히 빛나고 있어
단단하고 끈적대고 더러운
우리는 무지개일까?

버뮤다의 파도가 되고 싶어
날개 달린 흰 말이 되고 싶어
붉은 줄이 쳐진 이름을 갖고 싶어
약속보다 깨기 힘든 거울을 갖고 싶어

세계는 우리에 대한 사실이 아니야
어떤 확신일 뿐
단단하고 끈적대고 더러운

사실은, 사실이 아닌
이 모든 사실들을 말하고 싶어

문학동네포에지 087

눈사람의 사회

초판 인쇄 2023년 12월 10일
초판 발행 2023년 12월 22일

지은이—박시하
책임편집—김민정
편집—유성원 김동휘 권현승 유정서
표지 디자인—이기준 이혜진
본문 디자인—이혜진
저작권—박지영 형소진 최은진 서연주 오서영
마케팅—정민호 박치우 한민아 이민경 박진희 정경주 정유선 김수인
브랜딩—함유지 함근아 고보미 박민재 김희숙 박다솔 조다현 정승민 배진성
제작—강신은 김동욱 이순호
제작처—영신사

펴낸곳—(주)문학동네
펴낸이—김소영
출판등록—1993년 10월 22일 제2003-000045호
주소—10881 경기도 파주시 회동길 210
전자우편—editor@munhak.com
대표전화—031-955-8888 / 팩스—031-955-8855
문의전화—031-955-2689(마케팅), 031-955-8865(편집)
문학동네카페—cafe.naver.com/mhdn
인스타그램—@munhakdongne / 트위터—@munhakdongne
북클럽문학동네—bookclubmunhak.com

ISBN 978-89-546-9787-3 03810

www.munhak.com
문학동네